S.

LIMINARIS

ESTÁN ALLÁ

AFUERA

Reinaldo A. Pacheco O.

En memoria de

Reinaldo Segismundo Pacheco Aliaga,

mi padre,

quien luchó incansablemente contra fuerzas

·impensables e imposibles…

Solo Dios y mi padre saben lo que algunos aún no

logran comprender.

AGRADECIMIENTOS

A mi esposa e hijos, mis amores eternos e incondicionales, que han compartido la pobreza de un ser delirante como yo que se enriquece, como cada noche, con ese fabuloso viaje de historias y túneles interminables.

Y a todos mis amigos, familiares, profesores, conocidos y detractores, que le han dado forma y alas a este ataviado y oscuro escritor de antigua máquina de tiempos y horrores.

PRÓLOGO

Bosque Verde es uno de esos antiguos lugares donde el paisaje y sus gentes son una caja negra de secretos y sucesos extraños. Mía, una joven estudiante, residente de uno de los muchos condominios del sector, está muy pronta a celebrar su cumpleaños número quince. Esa noche de festejo, que suponía un momento de reunión y felicidad junto a su familia y amigos más cercanos, terminó por convertir la noche en una jaula de eventos sin explicación, haciendo que Mía quedara semi parapléjica y sin poder comunicarse con el mundo más que con el lenguaje de señas en sus ojos. Aquel grito estrepitoso que irrumpió el silencio de Bosque Verde aquella noche, pronto se convertiría en un túnel hacia cosas y eventos escalofriantes. Con el paso de los años, y ante la desmejorada condición física y mental de Mía, algunos de sus amigos, se darán en la búsqueda de respuestas para aquello que le arrebató la movilidad y el habla a su joven amiga sin prever el destino que les aguardaría.

CHAPTER 1

LA NOCHE DEL CUMPLEAÑOS

En algún lugar del mundo, bajo la luces y velas de colores, se oye en susurros la sonata El Trino del Diablo, de Giuseppe Tartini...

12 de julio 1977, 21:00 p.m.

—... ¡Que los cumplas feliz! ... ¡Bravo!

—¡Vamos Mía, pide tu deseo! ... ¡Sí, vamos hazlo!

—Está bien...

Mía cerró sus ojos, pensó en algún deseo, y luego apago las velas. Era su cumpleaños número quince. Sus amigos de escuela y de infancia estaban allí, al igual que sus familiares más cercanos; tíos, primos, e indudablemente sus orgullosos padres. Era el más grande y mejor cumpleaños que había recibido, pensó Mía.

Mientras todos se acomodaban en sus asientos, a la espera de que tía Maggie comenzara a fraccionar la torta. Mía, por su lado, sin que nadie lo notase, tomaba de las manos a sus dos mejores amigas para subir al cuarto donde ella dormía. La habitación era muy acogedora; tenía cortinas de raso blancas, adornadas con rosas de encaje, y una cama alta y esponjosa que hacía contraste con las paredes amarillas. Su color favorito.

Emily, Alice y Mía eran sin lugar a duda amigas inseparables. Se conocían desde que tenían solo meses de nacidas cuando los padres de Mía decidieron mudarse al condominio de Bosque Verde. Para ese entonces, ya había un lazo entre familias.

Las tres vivían distanciadas a solo dos casas. Iban a la misma escuela y en los recreos se juntaban a la hora de colación intercambiando sus almuerzos.

—¡Vamos Mía, que esperas, abre mi regalo! —exclamó entusiasta Alice.

—¡Ah no...! Mi obsequio merece ser el primero...
—replicó Emily, frunciendo el ceño en señal de desconformidad.

—Ok...ok, ¡chicas...! Para que ninguna de ustedes pelee por quien es primera. ¿Les parece si escojo mejor el regalo de alguno de mis invitados?

Ante la sugerente respuesta de su amiga, Emily y Alice intercambiaron risueñas sus miradas lanzándose sobre ella para propinarle cosquillas. Luego de un rato de diversión, entre cojines, saltos y persecuciones, Mía y sus amigas quedaron tendidas de espalda sobre la felpuda alfombra de su cuarto, intentando recuperar el aliento y sus fuerzas.

—¿Y bien...! ¿Ya viste cuál de todos los regalos abrirás? —irrumpió Alice, en exabrupto, curiosa y todavía agitada.

Mientras las tres se recomponían del cansancio, Mía se sentó con las piernas cruzadas a observar el sillón florido donde había dejado los obsequios. A primera vista todos le parecían muy similares en tamaño y envoltorio, sin embargo, hubo uno en particular que le llamó mayormente la atención. Era una caja mediana, un poco más grande que un balón de baloncesto. Su envoltorio blanco con una cinta roja en forma de rosa destacaba por sobre los demás. Mientras Mía apoyaba sus manos en la alfombra para levantarse y ver más de cerca dicho obsequio, una de sus amigas, Emily, le tomó uno de sus brazos para decirle en el oído: —(mmmm...) se me hace que es de algún admirador secreto. Me pregunto qué clase de chico será —enfatizó con un sesgo de ironía.

—Deja de fastidiarme, quieres —susurró Mía entre dientes, mientras Alice, sentada sobre la cama, le hacía guiños con un ojo lanzándole al unísono un beso risueño.

—¡Vamos Mía que esperas...! Nos tienes con los nervios de punta. Anda y ve quien es el "admirador" de ese misterioso obsequio —exclamaron ambas amigas, mientras prestaban una entusiasta atención.

Mía en tanto, haciéndoles muecas burlonas a sus amigas, se dirige al sillón en busca de aquel sobrio y enigmático regalo. Al separar el resto de los obsequios para sacar aquella caja, Mía notó que en ninguna de sus caras había remitente, por lo que era aún más intrigante.

—¿Y? .... ¿Cuál es su nombre? ... ¡Miau! —exclamó Emily muy risueña y algo atrevida, mientras lamía su mano derecha imitando a los gatos.

—La verdad es que no lo sé —respondió Mía con rostro dubitativo. No veo etiquetas o remitente —agregó.

—¡Entonces qué esperas...! ¡Ábrelo! —exclamaron Emily y Alice casi al unísono.

Mía se quedó entonces algunos segundos contemplando la caja, hasta que finalmente se decidió por abrirla. Comenzó así tirando pausadamente una de las puntas de la cinta roja en forma de rosa, sacó suavemente las vueltas que envolvían la caja y cuando todo aquello estuvo hecho, detuvo sus dedos una fracción de segundos en la tapa. Por alguna razón inexplicable, Mía sintió de pronto un incómodo y pequeño vahído, situación que sus amigas no notaron, alentando aún más el descubrimiento de aquel anónimo obsequio.

CUANDO LA TAPA SE ABRIÓ...

—¡aaAAAHHHH...! (grito estrepitoso)

Un grito de muerte se oyó como eco en la planta alta de la casa, y entre los invitados y a más de media cuadra de donde estaban. Emily y Alice bajaron aterradas, corriendo por las escalas con sus rostros desencajados, huyendo de la casa en dirección a sus hogares sin dar mayor explicación.

Nunca habían visto tanto horror y espanto en las expresiones de aquellas niñas. Esa noche, fue el comienzo de todo.

Ante dicha situación, los padres de Mía subieron velozmente, y a tropiezos (por las encorvadas escalas), al igual que dos de sus tíos y primos, mientras que su tía Maggie se quedó abajo, paralizada del susto, intentando calmar sus nervios y marcando con algo de torpeza uno que otro número telefónico para una ambulancia. Lo que prosiguió después fue realmente aterrador.

Los padres, tíos, y primos, al llegar a la puerta, se percataron de que ésta se hallaba forzada y bloqueada por dentro. Como sus fuerzas lo permitieron, hicieron que una de las bisagras desencajara. Luego, después de seguidos intentos, lograron empujar la puerta hacia adentro haciendo que ésta se desplomara. Allí, a un costado del sillón, pudieron ver el cuerpo tendido boca abajo de Mía.

Cuando fueron a asistirla, todos quedaron atónitos y aterrados. Al voltear el cuerpo de Mía, esta tenía su mirada fija hacia ningún lugar. Sus brazos se hallaban torcidos al igual que sus piernas de forma no natural. Uno de los dedos de su mano derecha parecía haber sido desmembrado dejando al descubierto sus huesos y cartílagos, mientras que su boca se hallaba abierta de tal manera que costaba fijar la mirada por segundos. Era como si su quijada hubiese sido rota o forzada brutalmente.

Al cabo de una hora, la ambulancia ya estaba en casa para llevarse a Mía al hospital más cercano.

Horas después...

—Los exámenes que le hemos practicado no arrojaron afortunadamente daños internos. Sin embargo, hay un cuadro importante de irregularidades óseas tanto en rostro como en extremidades.

Lo curioso de todo esto, es que pareciera como si su hija hubiese padecido estas deformaciones desde siempre, de nacimiento incluso. Es un caso clínicamente atípico. Aún quedan otros procedimientos que practicarle. Por lo pronto, y de acuerdo con las radiografías, todo hace presumir que su hija lamentablemente no podrá volver a caminar. En verdad, lo siento mucho...cualquier novedad les estaré informando.

Las palabras del médico fueron categóricas y devastadoras tanto para los padres como para sus tíos y primos que esa noche se encontraban en los pasillos del hospital. El llanto y la amargura se hicieron latentes y profundos

Mientras, en casa de Mía; entre globos, pasteles y serpentinas, algo oscuro y siniestro se gestaba en silencio.

CHAPTER 2

EL MATRIMONIO DE EMILY

Una suave brisa, aunque no menos inquietante, traslucía sobre la copa de los árboles las partituras de Mozart, réquiem (Lacrimosa)…

6 años después...

—Emily Susan Carrillo Astudillo ¿Aceptas por esposo a Benjamín Ignacio Fuenzalida Uribe, para amarlo y respetarlo, en salud o enfermedad, hasta que la muerte los separe? —preguntó el padre que oficiaba los votos, cuya capilla se hallaba próxima al lugar donde residirían.

Esa fría tarde de abril, una de las dos mejores amigas de Mía contraía matrimonio.

—Acepto —respondió emocionada y nerviosa luego de que su esposo Benjamín tomará su mano y pusiera la argolla en su dedo.

—Entonces, por el poder que me confiere la iglesia, yo los declaro, marido y mujer. Puede besar a la novia —agregó con discreta alegría el padre oficialista.

Repentinamente, y antes de que Benjamín la besara, una aterradora imagen fugaz se cruzó por su mente, transportándola a aquel cuarto donde había sucedido todo, la noche del 12 de julio, en casa de Mía. Ante las estrepitosas visiones, Emily abrazó temblorosa a Benjamín por espacio de algunos segundos para luego acercar sus labios a los de él, evidenciando el miedo latente que aún persistía en sus ojos.

—Te encuentras bien...? —susurró preocupado al notar el rostro de Emily pálido y compungido.

—Sí... —exclamó ella, esbozando una tímida sonrisa, argumentando que aquello fue solo producto de lo ajetreada y tensionada que fue la semana.

Al bajar del altar, ambos se miraron sonrientes. Mientras, a lo lejos, detrás de la multitud, Alice sostenía con firmeza la silla de ruedas en la que Mía se hallaba observante.

Una vez que los recién casados abandonaron la capilla, Emily no pudo continuar evadiendo las miradas de sus dos amigas, permaneciendo atenta y asustada, frente a los ojos de ambas, mientras subía al carro donde le aguardaba Benjamín. Alice por su parte, se detuvo frente a Mía, se encuclilló a su altura y tomando una de sus manos le dijo: —No te preocupes, pronto se le pasará. Aún siente miedo. Es solo cuestión de tiempo. Ya verás como se acercará a nosotras.

Después de aquellos sucesos inexplicables y escabrosos durante el cumpleaños de Mía, Emily, a diferencia de Alice, nunca pudo superar los efectos postraumáticos de aquella aterradora experiencia.

Cada noche, pensamientos e imágenes tortuosas visitaban y persistían como sombras punzantes alrededor de su vida.

Las terapias psicológicas, reuniones sociales de autoayuda y vida familiar, parecían no borrar del todo los efectos de aquellos eventos, al igual que su malograda dependencia a los calmantes y psicotrópicos que, lo único que habían conseguido, era que Emily solo olvidara, por momentos, aquel oscuro y tortuoso pasado.

Una vez que el carro; adornado con cintas blancas y rosas del mismo color, se estacionó frente al lujoso restaurante reservado por los padres de Benjamín, los invitados, que ya se hallaban en el recinto, se acercaron a los novios entre aplausos, vítores y risas, a la espera de que éstos ingresarán hacia el salón principal.

Sin duda era una instancia donde competían diversos sentimientos en el corazón de Emily.

A pesar de su programada indiferencia, sus mejores amigas estaban allí. Aceptaron la invitación propuesta por Benjamín como una forma de aliviar y sanar aquel esfuerzo mental de tantos años que sobrellevaba la vida de su gran amiga de infancia, lo que sin duda favorecía la oportunidad para platicar después de seis años de silencio.

El gran salón estaba finamente decorado con cintas, globos y arreglos florales de impresionante delicadeza. Las mesas, destinadas para los invitados al igual que el mesón principal de los novios, desbordaban extrema belleza y dedicación, sin mencionar la carta de aperitivos y platos para su deleite preparada para esa noche especial.

La recepción era sin precedentes. En una de aquellas mesas que, por lo demás, sumaban un poco más de cincuenta para seis invitados por cada una, muy próxima al mesón en donde se hallaban Emily y Benjamín, sus padres y padrinos, Alice y Mía, vestidas con hermosos vestidos blancos de encaje, contemplaban con discreta emoción, el rostro alegre de Emily. Como una reacción pura, instantánea e inequívoca, Emily se levantó de su asiento, acomodó su vestido hacia arriba para desplazarse y no tropezar, y se dirigió en dirección a la mesa donde se ubicaban ellas.

El corazón de Emily latía con profunda intensidad, su paso por entre las mesas antes de llegar donde Alice y Mía fue lento y ansioso. Finalmente, cuando pudo llegar y pararse frente a ellas, un silencio pareció envolverlo todo, era como si nadie más existiera alrededor de ellas tres.

Mía no pudo contener la emoción y las lágrimas que le significaban tener después de seis años, a sus dos mejores amigas frente a ella, aun cuando Alice jamás perdió contacto con ambas, Mía siempre se mantuvo al margen de todo con el fin de no presionar un reencuentro forzado o lastimoso.

Alice en un acto impulsivo, se levantó repentinamente con los ojos en llanto para tomar la silla de ruedas de Mía y acercarla lo más próxima a Emily, sin embargo, ésta detuvo las manos de Alice diciendo entre sentidas pausas: —Mis amigas… no deben por qué llorar… ni mucho menos ir tras de alguien que las abandonó por tanto tiempo… Como siento todo esto. Dichas estas palabras, Emily acomodó su vestido de novia, se puso de rodillas y tomando las manos de Mía, invitó a Alice a que se acercara, ésta también se arrodilló junto a ella para finalmente inmortalizar un abrazo entre las tres donde no cabía forma ni espacio que pudiera detener tanta emoción ni las miradas de aquellos que se percataron del hecho, incluyendo Benjamín.

—A pasado mucho tiempo —manifestó Emily, mientras que Mía, imposibilitada de moverse y para hablar, solo esbozó una tímida sonrisa que, sumada a la expresión de sus ojos, parecían decirlo todo.

—Estamos muy felices por ti Emily —agregó Alice. Me complace mucho, y creo que a Mía de igual forma, el que nos hayas invitado a tu boda. Te ves divinamente hermosa —agregó.

En un suspiro profundo, y sonriendo, Emily les confesó que Benjamín fue de aquella idea pero que, de igual forma, si no las invitaba él o alguien más, ella hubiera cedido dejando el orgullo y el miedo de lado para estar con sus hermosas y más grandes amigas de infancia.

Luego de un poco más de treinta minutos de conversación; entre risas, abrazos y besos, desde su asiento, Benjamín hacía señas a Emily para retornar al mesón y así efectuar el brindis principal.

La persona encargada de la animación del evento solicitó posteriormente algunos minutos de silencio para que los novios pudieran hablar y expresar sus emociones.

El primero en hablar fue Benjamín, quien no podía ocultar la alegría y emoción que le causaba su matrimonio, y por sobre todo la felicidad de su esposa.

Hubo aplausos, vítores y bromas entre familiares y amigos claramente emocionados y expectantes, sobre todo por las esperadas palabras de Emily quien era, por cierto, muy querida y respetada por la familia de Benjamín.

—Muy bien, ahora es el turno de nuestra queridísima y sonriente novia, Emily, a quien le concedemos la palabra. Por favor escuchemos lo que nos tiene que decir —exclamó el animador del evento alentando a los presentes.

Cuando Emily tomó el micrófono para hablar, repentinamente todo quedó a oscuras, la luz del recinto se apagó al igual que los faroles del jardín principal y la iluminación de la piscina. Por un lapso de tres horas, todo estuvo en penumbras.

La luna, en su defecto, fue el único medio que permitió el tránsito al interior del gran salón. En ese transcurso de tiempo y sombras, un grito profundo y paralizante se oyó en dirección donde se ubicaban las últimas mesas. Benjamín apretó con delicada firmeza la mano de Emily quien, al igual que él, permanecieron sentados a la espera de que retornara el suministro eléctrico mientras algunos iban con linternas y otros artefactos de iluminación para ver que ocurría, ya que el generador eléctrico de emergencia tampoco funcionaba.

—¡Hey, miren... allá afuera, parece haber alguien! —se oyó una exclamación entre los invitados, mientras éstos se acercaban a ver de qué se trataba.

Los enormes ventanales del salón, sumado a la tenue claridad de la noche, permitieron apreciar a cierta distancia lo que parecía ser la silueta blanca de una persona que se hallaba a los pies de unos matorrales.

—Iré a ver quién es. De seguro ha de ser algún guardia del recinto —exclamó sereno y un tanto confiado el padre de Benjamín.

Habrán transcurrido menos de cinco minutos cuando, repentinamente, otro grito aún más desgarrador se oyó desde el interior del gran salón.

—¡Por Dios!... ¡Qué es eso! —se escuchó gritar con espanto a un gran grupo de personas.

Cerca de la piscina, a cincuenta metros de donde estaban, el padre de Benjamín, ayudado de una linterna, parecía luchar contra algo o alguien desesperadamente puesto que movía los brazos en todas direcciones como si quisiera golpear o apartar algo de sí. Al cabo de algunos segundos, la linterna que portaba en una de sus manos dejó de funcionar vislumbrándose solo los movimientos erráticos de su silueta que yacía sobre el césped.

—Emily por favor espérame acá, iré a ver qué pasa con mi padre, no puedo permanecer aquí sin saber que ocurre con él —exclamó Benjamín, con evidente nerviosismo, en tanto Emily que parecía estar más lúcida y decidida frente al problema, se paró de su silla con la intención de volver a la mesa donde estaban Alice y Mía.

En la oscuridad del salón, chocando entre sillas y mesas, Emily avanzó tanto como sus tacos y vestido lo permitieron, no pudiendo, infortunadamente, dar con la ubicación exacta de la mesa en donde se hallaban sus amigas. En vista de aquello, comenzó a llamarlas reiteradamente sin obtener respuesta alguna por parte de ellas. Finalmente, y ayudada por algunos invitados que estuvieron cerca de Alice y Mía, Emily pudo dar con la mesa en cuestión encontrándose de que ellas efectivamente ya no estaban, excepto la silla de ruedas de Mía.

Frente a tal incertidumbre y desesperación de hallarse sin sus amigas y Benjamín, Emily no halló más alternativa que abrirse paso hasta el acceso que la conduciría hasta el exterior para ir en busca de su esposo y amigas. Afuera, sin embargo, todo parecía estar dispuesto y en silencio, excepto el suave viento de la noche y el sonido de las hojas en la copa de los árboles.

Había un cierto brillo, por momentos soñoliento, en todo aquello. Hasta que, a solo metros de donde ella caminaba, y con algo de dificultad, pudo reconocer a Benjamín el cual yacía tendido boca abajo al igual que su padre. No contando con linterna más que la sola orientación de la noche, Emily como pudo corrió en dirección hacia donde estaban ellos, una vez allí y de rodillas, como sus fuerzas lo permitieron, intentó girar los cuerpos de ambos, lo que sin duda trajo posteriormente la visión más aterradora de su pasado.

Ambos, una vez que Emily logró incorporarlos de espalda, tenían sus rostros completamente desfigurados; la mirada fija hacia ninguna parte y sus bocas extremadamente abiertas acompañadas de una sonrisa grotesca y aterradora.

El miedo se apoderó de ella consumiendo hasta el último resquicio de calma que guardaba su ser. Como pudo se arrastró de rodillas alejándose de aquel lugar. Su corazón latía descontroladamente. Unos metros más allá, Emily logró restituirse, poniéndose de pie para huir de allí como sus piernas y pies descalzos lo permitieron, abriéndose paso en medio de la oscuridad hasta tropezar con algo que la hizo caer abruptamente. Al ver de qué se trataba, observó con horror como sus dos amigas estaban allí. Mía, se hallaba boca arriba mientras Alice, de rodillas, le daba de comer con su boca lo que parecía ser pasto arrancado con sus dientes.

La escena era francamente aterradora, lo que hizo que Emily no pudiera sostenerse más cayendo desmayada sobre el pasto húmedo de esa noche.

Al cabo de unas horas...

—Emily... ¿Emily me escuchas? Por favor responde. ¡Soy yo, Benjamín! ¿Puedes oírme?

CHAPTER 3

EL PACTO

Y el cielo se cubrió de rojas bailarinas en aquel último destello recostado del horizonte. Era el preludio de la noche, bailando la Danza Macabra de Saint-Saëns…

Al siguiente día, Emily se halló despierta en una habitación blanca. Sus ojos, por una fracción de minutos, permanecieron fijos y decaídos en el diseño tenue y blanquecino del techo. Había cortinas delgadas y entretejidas que dejaban pasar la luz cálida de aquella mañana, destacando, entre otras cosas, un ramo de rosas rojas puestas sobre una pequeña mesa a un costado de ella. De pronto, Emily sintió golpear la puerta al tiempo que vio entrar la figura blanca de alguien. Era la enfermera de turno que muy garbosamente se acercó a Emily para saludarle y proporcionarle medicación.

—Hola buenos días ¿Descansó bien? —preguntó la enfermera, sonriente, mientras sustraía de una bandeja una pastilla de color rojo junto a un vaso de agua.

—Este medicamento le ayudará a calmar la ansiedad durante la operación. El médico que la asistirá en pabellón, durante la intervención quirúrgica, estará con usted dentro de algunos minutos para explicarle en qué consiste el procedimiento. Por lo pronto yo me despido. Que tenga buena tarde —concluyó, para luego abandonar la sala, la cual sin duda dejó atónita, confundida, y en parte abrumada a Emily, tras escuchar de que pronto debían operarla. Pero… ¿de qué? —se preguntaba ella una y otra vez.

Al intentar acomodar la almohada sobre el respaldo de la cama para sentarse, Emily se percató que tenía un enorme parche sobre el costado de su vientre.

Había tantas interrogantes respecto al lugar en donde se hallaba, sobre qué padecía, y por qué debía ser operada, que solo aguardó pacientemente a que el médico tratante entrara por aquella puerta para así poder despejar todas sus dudas. Sin embargo, el sueño la venció hasta su indómita profundidad, permaneciendo dormida durante varias horas, hasta que un ruido ensordecedor y metálico la despertó abruptamente.

Al abrir sus ojos, Emily se encontró rodeada de varios médicos y enfermeras que portaban mascarillas y delantales. Sentía que toda la sala daba vueltas alrededor suyo. Los rostros que permanecían a su lado de pronto parecían distorsionados y a veces lejanos, mientras ella, con esfuerzo, susurraba: —¿Dónde estoy? ¿Qué está sucediendo? ¿Por qué hacen esto?

Repentinamente, una voz femenina le habló al oído: —A la cuenta de tres usted pujará muy fuerte, respirando profundo cada vez que yo se lo indique.

Emily, al levantar levemente su cabeza, vio con horror como de pronto su vientre era el de un embarazo de término. No podía creer lo que estaba sucediendo ni mucho menos dar crédito de que aquello fuese real.

—Muy bien Emily, cuando yo le indique, recuerde pujar fuertemente y respirar.

UNO...
DOS...
TRES...

Emily pujó con todas sus fuerzas de acuerdo con las indicaciones que escuchaba. Luego de cinco intentos, un grito paralizante de mujer se oyó al interior del pabellón. Estando exhausta y aturdida, quizás por efecto de algún sedante sumado al gran esfuerzo realizado, Emily trató como pudo de levantar la cabeza para ver qué ocurría. Todo era confuso y distorsionado.

Los médicos hablaban cosas ininteligibles con las enfermeras respecto a algo que los tenía consternados. De pronto, una de ellas, con el rostro difuso, se acercó a Emily y le dijo: —Su hijo está vivo. Pero...

Emily, agobiada por todo lo que estaba experimentando, le preguntó en voz alta y con cierta aceptación: —¡Pero dígame! ¿Qué ocurre con mi bebé?

La enfermera sin muchas palabras o gestos de emotividad le preguntó: —¿Está usted preparada para verlo?

—¡Ver qué! —exclamó gritando Emily con lágrimas de desesperación.

¡ÉSTO... INMUNDA PELANDUSCA!

—Exclamó la matrona, con voz ronca y abriendo su boca de forma anormal, mientras le mostraba, acunado a sus brazos, algo envuelto en una sábana negra que se retorcía a gran velocidad. Al descubrir lo que en él había, Emily con horror vio que se trataba de una criatura semejante a un bebé, el cual carecía de ojos, oídos, y cabello. Tenía solo la mitad de sus cuatro extremidades formadas y su mandíbula estaba desproporcionadamente abierta, sacando y extendiendo su lengua, con movimientos erráticos, en dirección al rostro de Emily.

La visión hórrida de aquello, la sumergió en un profundo shock la que finalmente provocó que desmayara.

EMILY...EMILY. AMOR, ¿ME ESCUCHAS? SOY BENJAMÍN, POR FAVOR DESPIERTA.

Repentinamente, Emily reaccionó de forma abrupta, despertando aterrada y lanzando un grito desgarrador. Benjamín, por su parte, la tomó entre sus brazos hasta conseguir que se calmara.

Una vez que estuvo más tranquila, Emily vio que aún era de noche y que estaba tendida en el césped del jardín, con su vestido de novia húmedo y algo roto y sus pies descalzos. En tanto pudo ver el rostro de Benjamín, se percató que éste presentaba un corte profuso en la frente del cual sangraba.

—Emily, estuviste inconsciente cerca de tres horas. Los celulares no funcionaban y la energía eléctrica recién pudo restituirse. Nos tenías a todos muy preocupados. Te levantaste de tu asiento sin explicación, casi como hipnotizada. Vi después que te dirigías a la mesa en donde estaban tus amigas, pero, por alguna extraña razón, te fuiste del lado de ellas para salir al jardín y quedarte cerca de unos matorrales. De hecho uno de nuestros invitados nos alertó de aquella situación justo después que el suministro eléctrico cayó. Fue allí donde comenzamos a buscarte ¿Puedes recordar algo de lo sucedido?

El relato de Benjamín parecía haber sido sacado de otra macabra ilusión. Las situaciones y eventos descritos por él no concordaban con lo vivido por ella. Un escalofrío recorrió su cuello como una afilada cuchilla, sin poder explicar lo que realmente estaba aconteciendo.

—¡Mis amigas, Benjamín! ¡Llévame con ellas, por favor! —manifestó Emily claramente alterada, aunque no menos exhausta y confundida.

—¡Necesito hablar con ellas! —agregó.

Benjamín como pudo la tomó firmemente de la cintura rodeando uno de los brazos de ella en su cuello. Una vez que estuvo en pie, avanzaron lentamente hasta la gran entrada de ventanales del salón principal. A medida que se aproximaban, Emily fue notando que en el interior del recinto los invitados ya no estaban, las mesas se hallaban vacías a excepción de una.

Allí, sentadas y alejadas de todo, se encontraban Alice y Mía, quienes expectantes y sollozantes, vieron felices como Emily ingresaba al salón.

La escena para Benjamín fue francamente conmovedora. Las lágrimas, abrazos y sollozos de las tres mejores amigas parecían cubrirlo todo. Había tristeza por lo ocurrido, pero a la vez mucha felicidad también. El reencuentro sirvió para platicar sobre lo sucedido, sin embargo, hubo algo más.

—Ayer conversé en privado con Merry, Paul, y Eduard —dijo Alice con tono sereno, pero serio—¿Te acuerdas de ellos? —le preguntó a Emily.

—¿Ellos no eran los compañeros de escuela de Mía? —respondió con voz algo apagada, aún afectada por todo.

—Si. Precisamente sostuvimos, días antes de tu boda, una conversación con ellos. A decir verdad, fue idea de Mía esto que te contaré —enfatizó Alice con un sesgo de temblor en su voz.

—Como sabrás, ya han pasado seis años desde...bueno, tú ya sabes —manifestó Alice algo nerviosa. Mía, durante ese tiempo, aprendió técnicas de lenguaje visual (de señas), para comunicarse con sus padres y conmigo. Le hice algunas preguntas, y al parecer está de acuerdo en que estés enterada.

De pronto Alice y Mía hicieron una pausa, se miraron algo nerviosas aguardando a que Emily las interrumpiera, pero aquello no ocurrió.

—Bueno, como te contaba, la casa donde antes ella vivía, nunca más fue habitada por alguien después de lo sucedido. El parte policial arrojó que no hubo intervención de terceros por lo que el caso quedo literalmente archivado.

Sin embargo, creemos; Mía, los compañeros de ella y yo, que lo experimentado aquella noche, aún permanece al interior de esa casa, y bueno, pensábamos que tal vez...tu podrías...ayu....

—¡Sí! —interrumpió Emily con rostro serio y decidido.

—Si "eso", como dices, aún está en ese lugar, creo que de alguna forma podría acabar con esta pesadilla. Quizás...Mía... podría volver a ser como antes, y recuperar su movilidad y el habla, y por mi lado, acabar con estas malditas visiones.

Esa noche, Benjamín, que también oyó la conversación, se integró a la idea propuesta por ellas como una forma de aliviar y eliminar definitivamente los tormentosos pasajes vividos de su esposa. Un pacto de juramento y silencio sellaría el acuerdo bajo el claro de la luna que hasta esa hora entraba al salón.

El día y la hora lo acordarían una vez que tuviesen los implementos necesarios para regresar a aquella casa, donde probablemente pasarían algunas noches en su interior. El retorno al pasado de Bosque Verde... ya estaba decidido.

CHAPTER 4

DÍA 1 (8:00 P.M.)

Y la curiosidad de la noche, que resucitó al gato, terminó por
reunirlos en un valse sentimentale de Tchaikovsky…

Al cabo de tres días, todos estaban allí reunidos frente a la casa; Emily, Alice, Mía, Benjamín, Merry, Paul y Eduard. Cada cual llevaba lo suyo; linternas, provisiones, elementos de primeros auxilios y una cámara de video entre otras cosas que servirían para iluminación. Lo único que no podrían utilizar, y que fue de común acuerdo entre todos para que nadie del exterior supiera de lo que harían, eran los equipos celulares o aparatos de mensajería electrónica. La entrada debía ser rápida y silenciosa, lo menos notoria para no despertar sospechas en el condominio de Bosque Verde.

Posteriormente, todos sincronizaron sus relojes a las 9:00 p.m. A partir de esa hora, el ingreso a la casa debía efectuarse de uno en uno conforme a lo planificado. Alice sería la primera en entrar al mismo tiempo que Mía por el hecho de llevarla en su silla de ruedas, el resto lo haría en intervalos cada dos minutos.

Un evidente nerviosismo y ansiedad se apoderó del grupo a medida que la hora se acercaba. El frío y la brisa de aquella espera jugaron un papel aún mayor en el corazón de cada uno. Había miedo, pero también decisión. Ya no había vuelta atrás.

Alice observó su reloj al tiempo que el resto hizo lo mismo. Eduard, quien de alguna forma había estructurado la secuencia de entrada, levantó su brazo izquierdo en señal de que la hora pactada estaba próxima.

Y la cuenta comenzó... (5, 4, 3, 2 ,1…)

¡CORRAN...!

Tanto Mía como Alice cruzaron sin problemas al otro extremo de la calle, ambas sabían que tenían solo dos minutos para ingresar por tanto su marcha fue rápida y precisa, una vez que pudieron atravesar el ante jardín de la casa, Alice hizo señas al grupo para confirmar su ingreso.

Ellas, ya se hallaban al interior.

El siguiente sería Benjamín, seguido de Merry, Emily, Paul para así concluir con Eduard. Fueron casi catorce minutos exactos. Toda una hazaña considerando que esa noche las luces del vecindario aún permanecían encendidas.

—Chicos enciendan sus linternas —dijo Alice un tanto agitada y nerviosa—. Creo que esta noche será muy larga —agregó, mientras enfocaba la luz de su artefacto en los muros y pasillos polvorientos de la casa.

—Para serles honesta, al princípio tuve miedo de que esto no resultara, sobre todo por la excusa que dimos en casa con eso de hacer un viaje de excursión —manifestó Merry, quien mientras hablaba intentaba acomodar su cabellera rubia con un paño rosa de estampado floreado.

—Estoy segura de que todo saldrá bien— agregó Emily mientras esbozaba una leve sonrisa—. Nadie sabe dónde estamos, asique...tranquila, ¿bueno?

Luego de asear un poco el lugar, los siete comenzaron a desempacar sus cosas donde años antes hubo un espacioso y gran comedor. Allí, armarían los sitios donde eventualmente pasarían la noche, donde posteriormente, con la entrada del alba, programarían con más calma la hora en que saldrían a explorar parte de la casa, entre otros objetivos.

—Bueno chicos, creo que los equipos de grabación y video están funcionando ok. He puesto micrófonos y una cámara de video apuntando hacia la escala que da al segundo piso, mañana sin duda será un largo día. Espero podamos conseguir algo. Por lo pronto, solo quiero pedirles que estén tranquilos y que duerman bien —manifestó Paul mientras revisaba por última vez los equipos de grabación—. Cualquier ruido o sensación extraña no duden en comunicarlo. Que tengan una buena noche.

Las palabras de Paul por momentos causaron cierto nerviosismo y expectación, sin embargo, el esfuerzo de los bolsos y el cansancio de toda la planificación, hicieron que lentamente, uno a uno, fuesen quedándose dormidos.

—Buenas noches, Emily —susurró Alice mientras daba un bostezo.

—Buenas noches, Alice, y Mía —respondió aún lúcida sin mucha demostración de cansancio.

—Buenas noches tengan todos —susurró Benjamín.

—Buenas noches —respondieron todos claramente sumergidos en el cansancio.

—Mañana será otro día —concluyó Eduard mientras cubría parte de su rostro con algunos cobertores.

CHAPTER 5

DÍA 2 (9:45 A.M.)

Y el alba trajo consigo el hórrido espectáculo del mundo, el gran
show de las siniestras estrellas, titilando al compás de
Dance of the knights de Prokofiev...

Los tempranos rayos de luz de aquella fría mañana comenzaban a sortear su aparición en los vacíos y polvorientos rincones de la casa, contrastando la oscuridad en sectores que probablemente jamás vieron la luz del sol.

El primero de ellos en abrir sus ojos fue Mía quien, fijando la mirada en las sombrías escaleras, no lograba asimilar con propiedad que estaba de regreso en la que alguna vez fue su casa. Luego, despertaron Eduard y Alice, seguido de Emily, Paul, Benjamín y Merry.

Pasaron algunos minutos antes de que todos estuvieran completamente despiertos.

Bocadillos de jamón y queso, jugos y chocolate, fue el desayuno improvisado y racionado, pues no había certeza todavía de cuánto tiempo les llevaría dentro de la casa.

—(Arggg...) ¡Malditas y sucias arañas! ¡Quisieron comerse mi emparedado! —exclamó furioso Paul luego de aplastar una de ellas con sus zapatillas.

—Pobrecilla, a lo mejor solo quería darte un beso de buenos días, (muuaccc...) —bromeó Merry mientras reía y tomaba un sorbo de jugo. Tuvieron que pasar alrededor de once horas, antes de que los relojes marcaran las 8:45 p.m. Todo estaba listo. Hora acordada, 9:00 p.m.

Cuando los rayos del sol comenzaron a disipar y dar curso a la noche, la oscuridad desoladora y apabullante matizaba con horrores los sentidos y pensamientos de cada uno.

Las conversaciones fueron tornándose nerviosas y algo titubeantes. Había una atmósfera de miedo, ansiedad, remembranzas, lágrimas y una que otra risa. La sola idea del pensamiento a lo desconocido los hacía por momentos vulnerables a todo; ruidos casuales y caprichosos como el movimiento de las hojas golpeando los ventanales, perros riñendo o gimiendo a la distancia, roedores paseándose de un lado a otro entre las pocas cosas que había, sombras proyectadas por objetos de la casa que generaban visiones y falsas alarmas, etc. Cuando finalmente la cordura estuvo al pie de la calma para efectuar el primer recorrido al interior de la casa, por votación unánime, el sitio escogido y un tanto obvio, fue la habitación donde había ocurrido todo. Irían al cuarto de Mía.

Todos portaban sus linternas ya encendidas. La cámara de video que llevaba Eduard también comenzaba a grabar sus primeras impresiones desde que habían ingresado a la casa.

Se percibía un aire nauseabundo y atemorizante. Cuando todos se dispusieron frente a las escalas, apuntando sus focos hacia el segundo nivel, pudieron observar que la luz que proyectaban al igual que el de la cámara no fueron capaces de romper la oscuridad agobiante y espesa del lugar. El frío y el polvo en suspensión era tal, que se sentían atravesar la piel y el espíritu forzosamente en calma.

—Subiré yo primero. Benjamín, tú serás el siguiente y llevarás a Mía en tus espaldas. El resto subirá en la medida que yo lo indique.

Las palabras pronunciadas por Eduard dieron de pronto la seguridad y la tranquilidad que solo un líder puede transmitir, y así lo sintieron los demás. Cuando todos comenzaban a subir los resonantes peldaños de madera, Eduard de pronto detuvo su marcha abruptamente.

—¿Qué sucede Eduard? —preguntó Benjamín, inquieto por dicha reacción, quien cargaba a Mía aparentemente asustada.

—Quiero que todos retrocedan lentamente. Lo harán con calma. No pregunten nada en este instante por favor. Solo háganlo. Luego les mostraré —manifestó entre susurros y determinación.

Sin duda el miedo se apoderó del grupo al escuchar las palabras de Eduard. Un escalofrío pareció cubrirlos a todos irrefrenablemente. Luego, y de acuerdo con las indicaciones, bajaron los peldaños con disimulo hasta el holding principal. Cuando ya todos se reunieron en la planta baja, fueron en dirección al comedor donde mantenían sus equipajes, allí, Eduard les contaría lo que vio.

Las linternas no dejaban de apuntar de un lugar a otro. Nadie decía nada. Solo se respiraba el miedo y la incertidumbre de aquel sentimiento que los asolaba.

Una vez que todos se hallaban reunidos; sentados, algunos cubriendo sus espaldas con frazadas, otros dentro de sus sacos de dormir, Eduard encendió su cámara, y con tono serio y falto de expresión, les dijo:
—Creo que "eso", aún permanece aquí, en esta casa. Estábamos en lo cierto.

Todos se miraron unos con otros sin saber que decir o pensar. Estaban confundidos y aterrados. De pronto una de las linternas se apagó y comenzaron a intranquilizarse aún más.

—¡Ya basta! —exclamó Eduard, claramente un poco más lúcido y repuesto, quebrando así la cortina invisible que les asolaba hasta ese minuto—. Necesito que conservemos la calma y la cordura. Es imprescindible terminar con esto, ¿no es por eso por lo que estamos aquí? —enfatizó.

De pronto los rostros gélidos y atemorizados cambiaron. Sutilmente la calma se fue reincorporando en cada uno de ellos. Eduard al notar esto, acercó su cámara y les dijo: —Nuestro objetivo definitivamente se encuentra allá arriba. Esto es lo que logré captar con mi cámara.

Al presionar el botón de reproducción, la grabación en principio solo mostraba el rostro de todos, próximos a las escalas. También, algunas imágenes de los alrededores y el momento en que Eduard les da la instrucción para subir. Posteriormente, se ve cuando él sube y enfoca los peldaños hasta llegar al segundo nivel de la casa. Seguido de eso, la cámara hace un enfoque y se detiene en el pasillo y la puerta principal que da hacia el cuarto de Mía. Luego, una interferencia comienza a distorsionar inexplicablemente la grabación mostrando el momento exacto en que la puerta, que daba hacia aquella habitación, se abría lentamente. Lo que las imágenes mostraron segundos después, dejaron a todos consternados y atiborrados de horror. Saliendo tras esa puerta, una niña de camisón blanco y de cabello largo que cubría parte de su notable rostro desfigurado, se mostró caminar erráticamente con sus piernas ensangrentadas en dirección a Eduard.

Abruptamente, Alice irrumpe el silencio que provocaban las imágenes, indicando que aquella aparición se asemejaba mucho a Mía cuando tenía quince años. Además, reconoció el camisón blanco que ella misma le obsequió para el día de su cumpleaños y que nunca pudo ver. Emily por su parte, vio que en una de sus manos portaba una muñeca, reconociendo por su diseño que aquel fue el regalo que tenía esa noche para ella. No cabía duda alguna, manifestó Emily al ver la grabación. Aquella imagen espectral era Mía.

Lo que a continuación envolvió los pensamientos horrorizados y el interior de cada uno, fue un sesgo de tristeza, pero también de esperanza ante lo que evidenciaban. Por alguna razón, sabían que una parte de Mía estaba estancada aún allí, probablemente deambulando durante años. Sin embargo, aquello que provocó su incapacidad, debía también estar escondido en alguna parte de la casa. No en aquella figura espectral.

Esa noche, todos abrazaron a Mía. Nadie quedó ajeno al sentimiento que ésta les provocaba. Estaban decididos ayudarla, pese a que la casa orbitaba sus primeras señales de rechazo.

CHAPTER 6

DÍA 3 (10:15 P.M.)

¡Apaga las luces, pequeña niña de la noche! ¡Que el miedo danza
y se avecina como la despierta luna de
Coriolan overture de Beethoven…!

—¡Listo...!, ya tengo la batería de la cámara recargada. Necesito saber en qué condiciones están sus linternas —preguntó Eduard mientras pasaba lista de todas las cosas que necesitarían para volver a intentar subir al segundo piso. El aire que se respiraba era distinto al de días antes. El miedo y el frío parecían de pronto no agobiar el pensamiento ni la calma. Sabían que había una razón por la que debían continuar.

Mientras Alice abrigaba el cuello desnudo de Mía, ésta recordó que, dentro de su equipaje, había incluido un foco led con cinta elástica que generalmente utilizaba alrededor de su cabeza, cada vez que tenía que viajar en bicicleta de noche a casa de Emily.

—Creo que esto se te verá muy bien, Mía. Por lo menos tendrás luz constante cerca de ti. Solo dame unos segundos…veamos...déjame acomodar un poco esto… ¡Ya está!, te queda perfecto… y sexy —exclamó Alice susurrando las últimas palabras en el oído de Mía logrando conseguir una bella sonrisa en su rostro.

Cuando todo estuvo preparado, caminaron lentamente en dirección a las escalas. El silencio regente hacía que por momentos la respiración fuese más notoria.

Todos subieron en el mismo orden que la noche anterior. Eduard llevaba la cámara de video encendida grabando todo.

—El lugar está despejado. Suban —manifestó Eduard en voz baja mientras acomodaba su cámara para secuenciar el ascenso de sus amigos.

—Hacía años que no veía este lugar —susurró Emily con nostalgia, y también con cierto asomo de miedo.

—Benjamín, por favor. No te alejes de mi lado —agregó, mientras acariciaba y sostenía una de las manos de Mía.

Había silencio y también determinación, sin embargo...

—Chicos...creo que acabo de oír algo en el entretecho —manifestó Merry, tratando de calmar disimuladamente el temblor de sus manos.

—¿Qué fue lo que oíste? —susurró Paul, algo perturbado por el comentario de su amiga.

—Me pareció oír algo que se arrastraba —concluyó atemorizada, al tiempo que su linterna no dejaba de temblar, como el ritmo de sus pulsaciones.

—¡Esperen...!, guarden silencio —manifestó Benjamín claramente nervioso—. Creo que yo también lo oí.

Durante algunos minutos, todos permanecieron en silencio en espera de oír lo mismo que Merry y Benjamín. Y...

ALLÍ ESTABA...

El ruido era semejante a un saco pesado que estuvieran arrastrando sobre el piso. En este caso, provenía efectivamente del entretecho. Por lo que Alice sabía, los padres de Mía habían modificado, después del incidente, esa parte de la casa con el fin de crear un pequeño ático. Sin embargo, los trabajos quedaron inconclusos.

—Chicos miren allí, arriba, hacia el lado izquierdo que da a la puerta del baño. ¿No es eso un pequeño acceso al entretecho? —manifestó Eduard, señalando con el foco de la cámara el lugar indicado—. Parece ser un ducto en el techo, incluso tiene... ¡Sí! Tiene un pequeño picaporte. Necesito algo para subir. Paul, sostenme unos minutos la cámara por favor. No la apagues. Continúa grabando mientras yo bajo al comedor en busca de un banquillo o una silla. No demoraré mucho.

Era la primera vez, desde su llegada, que uno de los integrantes del grupo se separaba del resto. Aquello había generado una atmósfera de desconcierto y aprensión, tomando en cuenta que siempre se habló del hecho de permanecer juntos o vigilantes, donde fuese.

Pasaron varios minutos, pero Eduard no regresó. La angustia y la histeria comenzaba a apoderarse del grupo. Predominaba el descontrol. Emily por su parte al notar esto, se apartó unos segundos y avanzó con lentitud hasta el borde de las escalas, intentando, de cierto modo, iluminar con su linterna lo poco o nada que alcanzaba a ver de la planta baja. Sus ojos se envolvieron en lágrimas mientras gritaba el nombre de su amigo.

¡EDUARD! ... ¡EDUARD! ... ¡EDUARD!

Al ver esto, los demás guardaron silencio comprendiendo la dimensión del problema. Ahora eran seis, y por lo tanto debían permanecer incorporados.

Esa noche, fue la última vez que vieron a Eduard junto a ellos. Incluso Paul y Benjamín, tratando de calmar los ánimos para hallar una explicación, aludieron al hecho de que quizás él no soportó el estrés y la angustia que los envolvía a todos, marchándose de la casa. No obstante, todos en sus mentes y corazones, sabían que él no se iría así, ni mucho menos abandonaría a sus amigos sin dar explicación alguna.

Durante aquel lapso de mutismo, donde predominaba mayormente la angustia, desconsuelo y temor, el ruido; que en principio habían percibido en el entretecho de la casa, comenzaba a escucharse con mayor notoriedad. Benjamín, quien vio el desánimo reinante alrededor del grupo, tomó improvisadamente el liderazgo de la situación, sugiriendo que todos, con absoluta cautela y orden, bajasen las escalas en busca de algo que permitiese alcanzar el ducto que Eduard había descubierto.

Como toda una proeza mental. El grupo volvió a reestructurase, confiando plenamente, tal como lo hicieron con Eduard, en las futuras decisiones que impartiese Benjamín.

Del mismo modo que Emily (minutos antes), las linternas apuntaron su luminiscencia borrosa escalones abajo. Querían estar seguros de que "aquello", no estuviese esperándolos en algún rincón del primer nivel, aun cuando tenían la certeza de que arriba, en el entretecho; en aquel espacio oscuro y detonante de miedos, la presencia estaba guarecida esperando al asecho.

Todos bajaron lentamente. Nadie efectuó siquiera un solo ruido. Poco a poco la luz de los focos comenzaba a cortar la penumbra polvorienta circundante abriendo a la vista los rincones y espacios sombríos del primer piso.

Repentinamente, toda esa pequeña paz se esfumó. De espaldas a ellos, sentado en una silla a metros de lo que alguna vez fue la cocina, se hallaba el cuerpo inmóvil de Eduard. Las linternas apuntaron casi de manera sincronizada la espalda de él esperando alguna reacción, pero nada.

—¡Eduard, somos nosotros! Puedes oírnos —pronunció Alice con exacerbado temblor, llena de espanto en su voz y rostro.

—Me acercaré yo —dijo Benjamín intentando conservar la poca calma que tenía como la de sus amigos.

Al aproximarse sigilosamente hacia Eduard, Benjamín notó un extraño sonido proveniente de éste a la altura de su cabeza, al dar la vuelta para quedar frente a él, Benjamín estrepitosamente lanzó su linterna cayendo de rodillas y con el rostro desencajado envuelto en lágrimas.

Como obra de un artista macabro, el rostro de Eduard estaba completamente desfigurado. Decenas de larvas, quizás cientos de ellas caían de lo poco y nada que conservaba de sus facciones. No tenía ojos, boca, ni huesos que dieran forma a esa masa purulenta dentro del cráneo de Eduard. La escena fue tan en extremo dantesca, a tal punto, que el resto del grupo tuvo que sacar arrastrando a Benjamín debido a que sus piernas no le respondieron producto del impacto visual al que fue expuesto. Nadie más se atrevió a ver, ni por morbo o curiosidad. Eduard había muerto de la forma más macabra y perturbadora. La casa había despertado.

Después de aquel episodio aterrador, pasaron un poco más de diez minutos, cuando del interior de la cocina, un quejido ronco no humano, más bien animal, alertó en cuestión de segundos a todos quienes estaban cerca. Las linternas no dejaban de temblar, todos estaban en silencio, sin embargo, todo aquello cambió en una fracción.

Sobre el techo, cerca de las escalas, una figura espectral y aterradora gateaba rápidamente en dirección hacia ellos, cual si fuese una araña a punto de atrapar a su presa. Sus movimientos eran erráticos, quebradizos y algo robotizados, llevaba el vestido blanco de Mía, al igual que su rostro asemejaba mucho al de ella si no fuese por su desfigurada boca, la cual no guardaba proporción alguna con respecto al tamaño de su rostro.

Paul y Merry, indiscutiblemente fuera de control y aterrorizados, especialmente por lo que ya experimentaban, salieron por la puerta principal huyendo despavoridos de la casa, abandonando así al resto del grupo tras no poder soportar ni esa ni otra noche más al interior de aquel lugar. Ahora, solo quedaban cuatro. El desconsuelo era inmenso, no obstante, permanecieron allí para hacer frente a aquella figura demoniaca, hasta que un grito agudo y escalofriante, lo cambió todo.

Como si fuese una acción de voluntad interior. Mía al contemplar la inminente proximidad de la criatura, expulsó un grito tan penetrante y fuerte, que los cristales de las ventanas estallaron frente a la mirada atónita de sus amigos. Al volver la mirada, la criatura ya se había ido al igual que el cuerpo sin vida de Eduard.

La noche, había concluido. Solo quedaban los sollozos y el miedo de lo que acababa de acontecer, pero por sobre todo la imagen indeleble que trasmitió la voluntad y el espíritu fortalecido de Mía por socorrer a sus amigos.

CHAPTER 7

DÍA 4: EL DESPERTAR DE MÍA

No miréis al viejo sol, que pronto morirá en la inocente Dance of the Sugar-Plum Fairy de Tchaikovsky…

Al siguiente día, los cuatro jóvenes restantes, despertaron con la mirada fija y silenciosa a raíz de los sucesos ocurridos durante la noche. Había hermetismo, nadie decía nada. La muerte de Eduard, la salida de Paul y Merry, los hechos paranormales, todo parecía confabular a que ninguno de los que estaban allí opinara nada al respecto, hasta que una voz; dulce y conocida, pareció romper esa cortina invisible y desoladora.

BUENOS DÍAS, QUERIDOS AMIGOS ¿POR QUÉ HAN DEJADO DE SONREÍR? EL SOL BRILLA ESTA MAÑANA MÁS QUE NUNCA.

No podían creer lo que estaban viendo ni oyendo; la misma calidez, la misma inocencia, el mismo rostro dulce que años antes los conquistó hasta ser parte inseparable de sus vidas. Mía, había recuperado el habla.

Había pronunciado sus primeras palabras después de seis años luego que los médicos dictaminaran que su invalidez sería permanente. Benjamín, Alice y Emily; atónitos y con lágrimas en los ojos, testigos de todo aquello, se salieron de sus sacos de dormir como sus ansias lo permitieron en busca de ese abrazo tan anhelado. No podía haber mayor gozo ni felicidad para esos cuatro amigos que no dejaban un solo instante de abrazar ni besar las mejillas y el cabello de Mía.

—Hey chicos, con calma. No olviden que aún no puedo mover mis brazos y piernas, aunque ahora estoy más convencida de que muy pronto podré lograrlo.

Las palabras de Mía parecieron revitalizar a sus amigos y todos los espacios vacíos y apesadumbrados de la casa. Allí, sentados junto a ella, tomaron sus manos en señal de lealtad prometiéndole que durante la noche acabarían con la pesadilla por la cual ha debido permanecer inmóvil durante tantos años.

Llegada la hora...

10:00 p.m.

Los cimientos de la noche y los escombros interiores de la casa no surtieron el efecto atemorizante como el de días anteriores. Todos, como era lo acostumbrado por Eduard, se reunieron en el comedor, sentados sobre sus frazadas y mantas, a planificar y discutir sobre lo que harían y sobre que implementos llevarían para esta ocasión. Benjamín por su lado sabía que, de cierto modo, la mayor parte de aquella responsabilidad recaía ahora sobre él. No obstante, la atmósfera circundante que les abrigaba tenía ese aderezo espiritual que fraternizaba y daba el carácter de valor a todo aquello a lo cual le temían, como muy pocas veces se había visto en la mirada y actuar de cada uno. Sin duda, era la noche indicada para ir en busca de aquello.

—Sincronizaremos nuestros relojes a las 00:00 a.m. —dijo Benjamín mientras acomodaba su cinturón con elementos cortopunzantes que, a simple vista, causaban cierto recelo—. Llevaremos además nuestras linternas, sogas, cinta de embalaje y la cámara de video.

—¿Estamos listos? —preguntó Benjamín mientras pasaba lista visual de todo. —Ok, vamos —concluyó, mientras todos asentían con la cabeza y se preparaban para ese momento.

Cuando finalmente las alarmas de la hora acordada sonaron en cada reloj, los cuatro jóvenes respiraron profundamente hasta volver a reencontrarse en el primer peldaño de las escalas, las cuales, como otras veces, llegaban a lo alto de la oscuridad más intensa y abrumadora de toda la casa.

Benjamín por su parte cedió la cámara de video a Emily para que ésta fuese captando todo lo que aconteciese alrededor, mientras él, con delicadeza, acomodaba en su espalda a Mía quien iba señalando y cuidando los pasos de su amigo por ser el primero en subir. Había absoluto silencio y cuidado en cada paso, en cada exhalación. Los peldaños se hacían de pronto eternos, pero todos sabían que la única forma en que podrían conseguir algo, era siendo precavidos y alertas.

—¿No falta nadie? —preguntó Benjamín quién, de vez en cuando, solicitaba a Mía vigilar el frente.

—¡Estamos todos! —respondió Emily, siendo la última en subir y en grabar el primer peldaño del segundo nivel.

—Ok, quiero que escuchen y presten atención a lo que voy a decir —manifestó Benjamín algo cansado por la parsimoniosa subida.

—Quiero que tomen sus linternas y apunten el foco de luz en dirección al cuarto de Mía. Nos iremos acercando lentamente hasta la puerta en la medida que yo se los indique. Una vez que estemos todos frente a ella, bajaré a Mía de mi espalda y Alice la recibirá. Yo intentaré abrir la puerta y cuando logre conseguirlo, ustedes permanecerán tras de mí, alejadas a unos tres pasos. Si al enfocar la luz de mi linterna al interior del cuarto veo que no hay peligro, ustedes entrarán. ¿De acuerdo? —manifestó con autoridad y decisión, pese a que su corazón guardaba sinuosamente los latidos atemorizados que proyectaban sus pensamientos.

Las instrucciones dadas por Benjamín de pronto se oyeron sencillas aunque no menos estructuradas. Daban la seguridad y certeza de que nada podía salir mal. Cuando su linterna se detuvo finalmente en la manilla de la puerta, Benjamín volteó a mirarlas con una tímida sonrisa que parecía decirlo todo.

—Deséenme suerte. —concluyó

Benjamín así tomó la manilla de la puerta, la giró lentamente hacia la derecha, y luego del mismo modo la empujó. Un vapor pestilente y vertiginoso emanó luego de romper aquel páramo de encierros. Luego, dio unos cuantos pasos al interior de la habitación alumbrando cada rincón oscuro y siniestro. Al cabo de algunos minutos, y ya más convencido de haber revisado por completo el interior, se volteó a mirar a sus amigas para darles la señal de que todo estaba en orden y que por tanto podían entrar.

—Al parecer todo está en orden, así que pue….

Abruptamente la puerta se cerró, cortando toda comunicación y dejando en su interior a Benjamín. Los gritos de Alice, Emily y Mía no se hicieron esperar.

—¡Benjamín! ¡Benjamín! —gritaban las tres aterradas, mientras Alice intentaba sostener su linterna y Emily la cámara de video. Mía por su parte hacía un esfuerzo sobrehumano por intentar moverse no pudiendo conseguirlo.

De pronto, unos gritos constantes y desgarradores de dolor se oyeron desde el interior del cuarto. Era sin duda la voz de Benjamín quien a su vez pedía ayuda. Repentinamente, toda la casa comenzó a crujir y a temblar. El miedo y la adrenalina estaban en su punto cúspide.

—¡Benjamín! ¡Puedes oírnos! —gritó Alice repetitivamente, una y otra vez, quien luchaba contra sus nervios por intentar mantener quieta su linterna. En tanto que Emily, guardando forzosamente la compostura, permaneció de pie filmando lo que acontecía.

—¡Alice, por favor, llévame hasta la puerta! —gritó Mía quien veía como única opción intervenir en aquello—. ¡Llévame hasta allá! ¡No preguntes! ¡Solo hazlo!

Las palabras determinantes de Mía no dieron pie ni cabida para que Alice pudiera objetar tamaña decisión. Así que sin pensar mucho en ello, cargó en su espalda a Mía para dejarla lo más próxima a la puerta. Una vez allí, Mía hizo lo suyo.

Con gran esfuerzo y voluntad, Mía apoyó sus manos sobre la puerta, se colgó de la manilla y comenzó repetidas veces a intentar levantarse. Sus piernas parecían cobrar vida. Tanto Emily como Alice no podían creer semejante logro y fortaleza. Finalmente, Mía había conseguido ponerse de pie.

Una vez que pudo estabilizar sus piernas y su cuerpo, giró la manilla para abrir la puerta y en cuestión de segundos toda la casa quedó en total y absoluto silencio. Al ingresar, pudo observar que Benjamín yacía tendido sobre el piso, curiosamente del mismo modo en que ella fue encontrada años atrás y en el mismo lugar de la habitación. Emily y Alice en tanto, ingresaron segundos después constatando el hecho descubierto por Mía.

Una vez las tres allí, todo tan familiarmente preconcebido y macabro, no dudaron en pensar lo peor. Sin embargo, con suma valentía y espíritu, se aproximaron hasta el cuerpo inmóvil de Benjamín para así constatar su estado. Emily, dejando a un lado la cámara y sus temores, se dispuso al lado de él para girar su cuerpo, al hacerlo, las tres pudieron observar que éste no presentaba daño físico alguno y que solo permanecía inconsciente.

Entre las tres cargaron como pudieron el cuerpo lánguido de Benjamín hasta la salida de la habitación, donde posteriormente lo llevaron a las escalas bajándolo con dificultosa lentitud, luego, se dirigieron hasta el holding principal del comedor y una vez allí aguardaron a que éste se reincorporara. Tuvieron que pasar cerca de veinte minutos cuando Benjamín comenzó a dar indicios de querer despertar. Al abrir los ojos, como una reacción instantánea, se abalanzó sobre las piernas de Mía repitiendo entre sollozos; perdón.

Nadie comprendía las palabras entrecortadas ni tampoco el motivo por el cual Benjamín insistentemente le pedía perdón a Mía.

—¡Fui yo, sí...fui yo! —repetía él entre sollozos, mientras apoyaba sus manos y rodillas sobre el suelo polvoriento.

—Todo ha sido mi culpa...todos estos años... ¡Todos! —exclamó entre gritos, lágrimas y rabia.

—Benjamín, explícate por favor. No comprendemos que quieres decir —manifestó Alice, mientras Mía, hallándose aún en pie, acariciaba con una de sus manos la cabeza de su amigo.

—Quiero que todas me escuchen. Necesito que oigan lo que tengo que decir, de lo contrario no podré seguir viviendo con este enjambre de culpas en mi cabeza, ni mucho menos arrastrando este secreto que he mantenido por años —agregó, con sentida confesión.

Tras oír las palabras quejumbrosas, y dispuestas a sincerar, de parte de Benjamín, las tres se sentaron en silencio junto a él a la espera de escuchar su plática.

—Hace algunos años, para ser preciso nueve. Yo cursaba mis estudios en un colegio muy cercano al de Emily. En aquel entonces, practicaba algunos deportes cerca de la plaza donde habitualmente ustedes se reunían. Iba de vez en cuando con algunos amigos a aquel lugar hasta que una tarde, mientras me disponía a regresar a casa, la vi allí...sentada sobre un columpio, esperando quizás a que alguna de ustedes apareciese pero, luego vi que aquello no ocurrió. Me acerqué entonces un poco más, tal vez por curiosidad, no lo sé, pero una vez estando allí, a solo metros de ella, pude notar que de sus ojos caían lágrimas. Cuando finalmente estuve frente a ella, decidí entablar un diálogo preguntándole sobre qué le ocurría, si se encontraba bien o si necesitaba ayuda. Ella me miró, detuvo el suave balanceo del columpio y luego me dijo:
—Quisiera que todos fueran felices, pero me siento incapaz lograrlo. No puedo. —concluyó.

—Al escuchar la sinceridad de sus palabras y notar la belleza de su rostro, incluso cuando sus lágrimas desbordaban, inmediatamente algo dentro de mi comenzó a gestarse. Me presenté dándole a conocer mi nombre, luego ella me miró, sonrió inocentemente y me dijo, mi nombre es Mía.

—Pasaban las semanas y mis reuniones habituales con amigos ya no fueron tan continuas. En mi cabeza ahora solo existía un nombre. Mía.

—Fue así como comencé a frecuentar el parque con el único fin de verla a ella. Había días enteros incluso semanas en que no aparecía, pero yo siempre estaba allí, observando...esperando. Así ocurrió que luego de algún tiempo, ella finalmente apareció en el parque, pero esta vez acompañada por ustedes dos.

—Como una forma de acercarme más a Mía, comencé a simpatizar con ustedes hasta lograr amistad con las tres. Sin darme cuenta, Emily había comenzado a sentir un mayor apego y cariño hacia mí, pero dentro mío estaba ella...siempre ella.

—Una noche, sin que nadie se enterase, me dirigí hasta esta casa donde vivían Mía y sus padres.

—Recuerdo que estuve detrás de un árbol observando la entrada de la casa por un lapso de varios minutos. Cuando vi que nadie se asomaba, volteé para regresar a casa, pero en esa pequeña fracción de segundo, fue cuando la vi salir. Ella cargaba en una de sus manos una pequeña bolsa para echarla al tarro de basura. Sin perder la oportunidad que se me presentaba, corrí en dirección hacia ella para luego mirarla a los ojos y revelarle mis sentimientos.

—Esa noche, Mía me rechazó, argumentando de que Emily era su mejor amiga y que sabía lo que ella sentía por mí. Yo quedé destrozado. Mía me miró y me hizo prometerle su amistad y que pase lo que pase, nunca dejara a Emily de lado, ni mucho menos causarle algún daño, y así lo hice durante años pero, yo...yo aún amaba a Mía.

—Estuve semanas enteras sin comer bien. Mis amigos preguntaban y yo solo callaba. Me iba degradando cada día más. Hasta que uno de ellos descubrió lo que pasaba y me sinceré con él.

—Yo era un ignorante en este tipo de cosas, jamás imaginé que algo pudiese salir mal. Lo juro...

—Ese amigo, en quien confié mis sentimientos, me mostró una forma para hacer que Mía se fijara en mí. Me llevó una noche donde una mujer cuyos ojos blancos por la ceguera sobresalían de forma intimidante. Su rostro... ese rostro atemorizante y macabro jamás lo pude olvidar. En esa casa, ella tenía una infinidad de cosas para efectuar trabajos de magia negra, lectura de cartas entre otras cosas. Toda la decoración era oscura y sombría, no había luces de ampolleta, solo velas, cientos de velas dispuestas en cada rincón de aquel lugar.

—Cuando decidí finalmente sentarme frente a ella, alrededor de una mesa, aquella mujer extrajo de una caja un muñeco de trapo, el cual carecía de rostro, excepto, que ese rostro según ella, debía conseguirlo yo. Debía tomar una foto del rostro de Mía y clavarlo con un alfiler en la cara de aquel muñeco. Estuve días enteros tratando de conseguir un acercamiento nítido de ella, hasta que un día, sin que Emily lo notara, revolví entre sus cosas extrayendo de su mochila una foto suya donde aparecían ustedes tres. La foto, al fin la había conseguido.

—Volví entonces a aquella casa donde vivía esa extraña mujer y le entregué lo que ella me pidió. Tomó la foto con sus uñas largas, y luego la puso dentro de una fuente con algo que apestaba a carne podrida. Minutos más tarde, giró la cabeza en dirección hacia mi como si pudiera verme, y esbozando una horrible sonrisa, me dijo: —El trabajo está hecho, ahora, debes darme algo a cambio como ofrenda. Yo le quedé mirando y le pregunté qué era lo que quería.

—La verdad, es que solo recuerdo que, al oír su petición, me negué y salí de allí huyendo, dejando el muñeco y la foto en posesión de ella. Nunca más supe ni quise saber de su paradero.

—Transcurrieron los días, y por intermedio de aquel amigo que aquella noche me la presentó, me enteré de que había fallecido luego de ser envestida por un vehículo cuando se disponía a salir de su residencia. La casa, y por coincidencia macabra del destino, a los meses después, accidentalmente fue siniestrada en un incendio por unos chicos que jugaban cerca de allí. Todo quedó hecho cenizas. Nada de lo que alguna vez atestigüé allí se recuperó. Hasta que... unas semanas más tarde, me enteré por casualidad en los noticieros de que habían muerto quemados de forma horrible y misteriosa, seis niños de esta localidad que, tras jugar con fósforos, habían incendiado la residencia de una conocida clarividente.

—Indiscutiblemente sabía de quien se trataba. Sin embargo, allí fue cuando comenzó la real pesadilla para mí.

—Después de terminar de oír la noticia, apagué el televisor y me fui a mi cuarto. Traté de olvidar un poco la visión de esos ojos blancos sumergiéndome en mi única obsesión. Hacer que Mía me amase.

—La noche llegó y… bueno, yo...yo estaba presto a dormir y a olvidar, cuando repentinamente un ruido proveniente de la calle me exaltó. Era ella, eran esos ojos, la mujer de mirada oscura y sonrisa aterradora estaba parada allí, frente a mi ventana, mientras las luces de los semáforos parpadeaban en sus horrorosas facciones. Pero no fue la primera, ni la última.

—Todas esas noches de pesadilla, todas esas visiones. La mujer me perseguía donde fuese. No tenía paz. Hasta que una noche la enfrenté y le supliqué que me dejara, a lo que ella respondió:

TIENES UNA DEUDA QUE AÚN DEBES PAGAR, DE LO CONTRARIO, EL SER QUE AMAS SUFRIRÁ ESE REPARO.

—Luego la visión desapareció de mi cuarto y yo me quedé sentado toda la noche en el borde de la cama, pensando y pensando, una y otra vez del porqué de todo. Al día siguiente, tomé la decisión de acabar con mi tomento, de olvidarme de la mujer, de olvidarme de Mía y de quien era yo. Sin embargo, fue mayor mi cobardía como para acabar con mi existencia, así que... simplemente, aguardé a que llegara la noche y trajera la visión de esa mujer. Como un pájaro oscuro y siniestro, la presencia malévola se materializó, se quedó fija frente a mí a la espera de mi respuesta, la cual, y sin titubear fue: ¡Vete, y déjame en paz!

—Sin saber las consecuencias que acarrearía mi respuesta, la aterradora mujer solo sonrió para luego decir: —Ella, pagará tu deuda con su vida.

—A la semana siguiente, se celebraba el cumpleaños de Mía, sin embargo, esa noche no asistí previendo a que aquello pudiera ingresar a la casa y hacerle algún daño.

—Fue entonces cuando tomé la decisión de ocultarme tras unos arbustos vigilando desde el exterior a que todo estuviese en orden, pero no pasó mucho de eso, puesto que luego vi salir del interior de la casa a la madre de Mía desesperada y llorando, pidiéndoles a sus invitados que se marchasen. Asustado y sin saber que hacer o cómo reaccionar, me quedé allí, escondido, envuelto en la culpa y el miedo observando como la sacaban en camilla para luego ser llevada en una ambulancia.

—Así fue como ocurrieron las cosas. Esa es la verdad...

Luego que Benjamín terminara su perturbadora confesión, Alice y Mía permanecieron en silencio sin saber que decir, exceptuando Emily, quien abstraída de todo, limpiaba el lente de la cámara de video por las lágrimas que no cesaban de caer de sus ojos. Solo se escuchó al final un suspiro que quebró el amargo silencio de la noche.

—Perdóname Emily. Perdónenme todas —susurró Benjamín, mientras permanecía de rodillas con las manos apretadas en sus piernas.

—Creo que debemos descansar. Ha sido mucho por hoy. Mañana... nos queda lo más importante —enfatizó Emily mientras apagaba su cámara de video y se recostaba sobre su saco de dormir.

CHAPTER 8

DÍA 5: ÉXODO E INFIERNO

Y el viento se quebró como un cristal que hiere y lacera el firmamento. El último hálito despertó desde las profundidades del miedo cuando una vieja y antigua leyenda despertó los sonidos de una vitrola de Beethoven con su Sonata al Chiaro di Luna...

4:37 a.m.

—¡No...! ¡Mía...!

Un grito desgarrador y de espanto sobresaltó a todos a esa hora. Era Emily quien luego de haberse quedado dormida después de escuchar la confesión de Benjamín, había despertado abruptamente producto de una pesadilla.

—¡Emily...!, ya está bien. Fue solo un mal sueño —dijo Mía mientras abrazaba a su amiga para tranquilizarla.

—Fue horrible. Fue horrible Mía —sollozaba Emily mientras se tomaba la cabeza con la vista al suelo.

—Ya amiga...tranquila. Ya pasó. Si te hace sentir mejor puedes hablarnos de ello —agregó Alice intentando consolarla.

—Sí, sí quiero contarles, de otra forma siento que si cierro los ojos nuevamente volveré a tener esas imágenes horribles en mi cabeza —enfatizó Emily tras sentir el apoyo de sus amigas.

—Tranquila, amiga. Te escuchamos —concluyó Alice mientras se acercaba a ella para tomar sus manos.

En tanto, Benjamín permaneció en su saco de dormir observando tímidamente lo que pasaba.

—Soñé que estábamos las tres como cuando teníamos quince años. Al parecer, era la noche de tu cumpleaños, Mía.

—Vi que entrábamos por una puerta ancha y muy alta, en algún lugar de esta casa. La puerta tenía extraños dibujos y símbolos que parecían representar un gran tablero de Güija. Luego de contemplar un rato su extraño diseño, la puerta comenzó a abrirse lentamente. Al mirar dentro, vi que se trataba de la habitación de Mía. Todo estaba envuelto en llamas, excepto la cama.

—Allí, había una niña mucho menor, no sé… de unos ocho años quizás, o tal vez menos.

—Nosotras entrábamos sin que las llamas nos dañasen e intentábamos hablar con la pequeña, pero ya era muy tarde.

—La niña, que llevaba un vestido blanco muy semejante al tuyo Mía, había abierto una caja blanca de cinta roja, la misma que...bueno, ya sabes. La había abierto y la pequeña comenzó a dar gritos profundos y desgarradores luego de mirar en su interior. La habitación comenzó a temblar y nosotras intentábamos arrebatarle la caja, pero nuestro avance parecía alejarnos de ella y de la habitación.

—De pronto, la puerta violentamente se cerró, dando la impresión visual de que se hallaba muy distante dentro de un largo pasillo iluminado con velas clavadas en los muros. Sobre nuestros pies, el piso parecía hecho de rejas o mallas oxidadas y viscosas. A través de ellas, podíamos observar un número indeterminado de niños quemados, mutilados, y deformes, intentando salir. Gritaban —¡Ayúdennos! ¡Ayúdennos! ¡Fue esa mujer! ¡Fue esa mujer! Nosotras, obviamente no podíamos hacer nada.

—De pronto, todo quedó en silencio y la puerta nuevamente comenzó a abrirse a lo lejos. En su interior se sentía el frío y miedo emanar de ella, hasta que una pequeña mano se asomó dentro de aquella penumbra espesa y nauseabunda. Era esa niña...oh, Dios. ¡Era horrible! Comenzó a gatear sobre las paredes con paso robotizado hasta llegar sobre el techo húmedo y sucio, luego, giró su cabeza en dirección a su espalda. Su rostro era pálido cubierto de venas azules, mientras que sus ojos eran blancos y asimétricos con respecto a su cara. Su boca estaba deforme y desproporcionada con respecto al tamaño de su rostro mientras gritaba ofensas contra Dios y contra nosotras. Al final, ella saltó y se abalanzó sobre Mía mordiéndole su rostro arrancándole la piel y nosotras allí sin poder defenderla. Fue entonces cuando desperté.

El sueño narrado por Emily había sin duda dejado atemorizadas y en silencio tanto a Alice como a Mía. Por espacio de algunos minutos, ninguna se atrevió a opinar. Transcurrido ese tiempo, Mía se levantó de su lugar y mirando fijamente a sus dos amigas les dijo:

—Les prometo que estaré bien. Solo una cosa quisiera pedirles, y es que pase lo que pase nunca, pero nunca, se separen. Siempre sigan siendo tan alegres y buenas como hoy. Siempre. ¿De acuerdo?

La intervención de Mía, después de aquel silencio latente, había provocado una dualidad emocional tal que, por momentos, matizaba los sentimientos con sabor a despedida y otros a esperanza. Por lo menos así lo percibieron Alice y Emily, quienes después de sus palabras se abrazaron a ella sin decir nada. Un pensamiento, sin embargo, las envolvía a las tres. Terminar con la pesadilla esa noche.

PERO AQUELLA NOCHE...ALGO SALIÓ MAL.

Las linternas dejaron de funcionar sin razón aparente y la única iluminación de reserva que poseían, eran unas cuantas velas y el foco de la cámara de video. Los cuatro se dirigieron hacia las escalas sin saber que hallarían. Al subir, se encontraron con una de las apariciones más horrendas y repulsivas que hayan visto. Una masa deforme con muchos rostros de niños, bocas, brazos y ojos desproporcionados que gritaban ofensas a Dios y a ellos cuatro, mientras que detrás de esa criatura se hallaba Eduard o lo que alguna vez fue, dirigiendo el avance de aquel ser inimaginable.

01:45 a.m.

—¡Mía...!

—¡Mía...!

—¡Oh, por Dios qué es eso...!

—¡No...!

—¡Sálvense ustedes...huyan...!

—¡Por el amor de Dios...déjalo, Eduard...!

—¡Váyanse pronto...!

—¡Todo quedará envuelto en llamas...!

—¡Benjamín...!

—¡Huyan...! aaAAAHHHH...!

—¡Benjamín...!

Esa noche, un gran incendio arrasó con la casa. Benjamín pereció en su interior luego de que Eduard lo arrastrara hasta el ducto hallado en el entre techo, donde segundos después solo se escucharon sus gritos de dolor aparentemente por lo que éste le generaba y la criatura. Las tres jóvenes corrieron así escaleras abajo en dirección a la entrada de la casa, cuando una gran explosión terminó por envolverlo todo.

Emily, Alice y Mía, socorridas de todo aquello, solo observaban abrazadas, desde el ante jardín de la casa, como el fuego se llevaba años de miedo y pesadillas, pero también, a dos de sus mejores amigos, mientras, a lo lejos, unas sirenas quebraban el sonido de las llamas y el viento que a esa hora asolaba la curiosidad de los residentes de Bosque Verde que estaban allí.

Cuarenta años más tarde...

—Y bien...qué les parece. Esta es la casa de la que tanto les hablaba. Como verán hemos hecho algunos arreglos en ella, sobre todo en piso y paredes. Para serles honesta, jamás imaginé que esta casa se vendería algún día luego de que muchos años antes, un desafortunado incendio arrasara con lo poco y nada que hubo aquí; el diseño original se perdió entre las llamas. Es una verdadera pena. Sin embargo, lo más extraño o sorprendente de todo es que, tanto las escalas como el segundo nivel, no sufrieron daño aparente. Curioso ¿no? Pueden apreciar la arquitectura original. Está intacta. Luego, si gustan, hacemos un recorrido para mostrarles el lugar.

La corredora de propiedades, esa tarde había logrado cerrar el negocio más importante tras vender la casa que permaneció abandonada y en remate por más de cuarenta años.

La nueva familia que ocuparía el lugar hacía muy poco que se había trasladado al sector. No conocían el barrio ni mucho menos la historia tras el inmueble. Convencidos de que sería el lugar perfecto, aquel joven matrimonio de ciudad, junto a su pequeña hija de nombre Susan, adquirieron la casa sin escatimar en gastos, pasando a ser propiedad de ellos luego de firmar los últimos documentos de la escritura legal.

10:15 p.m.

—¿Mamá...?

—¿Mamá...?

—Hija estamos ocupados con tu padre escribiéndoles unas cartas a tus tías. Ve a jugar a tu cuarto, por favor, amor.

—Es que había una mujer anciana en la entrada de la puerta y me dio esto. Me dijo que nos daba la bienvenida y que disfrutáramos de nuestra estancia.

—Oh, ya veo. Qué pena que no haya podido atenderla yo misma. ¿Y qué es eso que tienes en tus manos?

—Un regalo. Me lo dio ella. Dijo que era para mí, aunque aún no lo he abierto. Mira, ¿te gusta? Una caja blanca con una cinta roja.

—Que lindo detalle…

—¿Puedo abrirlo?

—Claro hija...ve y sube a tu cuarto, pero no demores. Luego me cuentas.

—Gracias mamá. Te quiero.

—Y nosotros a ti, cariño. Ahora ve y no demores.

Horas más tarde, a lo lejos, sobre el brillo tenue de la luna que agitaba los árboles, un grito aterrador y familiar se oyó después de mucho tiempo en los condominios de Bosque Verde, despertando el temor y los oscuros mausoleos de las siniestras estrellas.

INDICE

Made in the USA
Columbia, SC
11 September 2022